해물짬뽕 집

해물짬뽕 집

박수서
시집

달아실
시선
07

※ 우측 본문에서 한 연이 첫 번째 행에서 시작될 때는 〈 표기를 한다.

시인의 말

먹고 사는 일이나
시를 짓는 일이
버겁기는 한가지다

몇 해 삶은 아팠지만,
시는 아늑했다

이제 시가 시시해지는 날이
영영 돌아오지 못할 일이다

2018년 벽두에
박수서

차례

2부 잠이 늦게 귀가 하시네

3부 슬픔의 뿌리를 말리는 일

1부

그리움이 달처럼 차올라

머우 무침

봄날 입맛 돋우는 나물은 대개 쓰다
한겨울 인생의 쓴맛을 혹독히 겪었던 기억이
아직 배어 있어서다

삼겹살

술상 점령군으로 삼겹살이 딱이지만
삼겹살에 술 한잔하자 쉽게 권하지 못한다
우르르 사내들끼리 꼬치처럼 어깨를 꿰고 고깃집에 들어가
푸른 초원에 배 깔고 누워 있는 고깃덩이를
집게로 길어 올려 가위질을 하고
적당히 육즙이 터져 나와 질질 침 흘리게 만들려면
고도의 기술과 장인 정신이 필요한데,
나는 가위질도 서툴고 고기를 뒤집다
맛도 뒤집거나 숯처럼 태우기 일쑤다
그렇다고 관람석에 등짝 붙이고
개구리처럼 젓가락 혀만 날름거리기는 미안하고
누군가를 식모처럼 부리는 것도 불편하여
대체로 탕 집이나 볶음 집을 간다
삼겹살을 잘 굽는 사람은
분명 가슴에 물컹하고 고소한 생고기를 품고 있는 게다

누구라도 꺼내어 한 코 떼어 가라고

사는 일에 지쳐 눌린 어깨에 피가 되고 살이 되라고

복숭아

따듯한 나라에서 다섯 손가락 반지를 끼고 조심스레 손안의 알을 품었을지라
타이어처럼 둥근 반지는 과속 방지턱처럼 알이 세상 밖으로 굴러 떨어지지 않도록 지켰을지라
검은 별무늬가 나타났다 사라지면 목덜미를 흔들어 내보냈을지라
송송송 솜털이 올라오면 사랑의 단맛을 알았을지라
세상보다 뜨겁게 익지 못한 열망은 스스로 떨어져버릴지라
울음의 상처가 과육처럼 흐를 때 솎아주었을지라

아, 한입 베어 먹다 목에 가시가 걸렸네
눈물이 흐르고 잎겨드랑이에 꽃 피네, 꽃 펴!

새우젓

그리움이 달처럼 차올라
꼬옥 안고 몇 날 몇 밤 지새우다
등이 휘었지만
소금을 업고 꾸벅꾸벅 졸지만
사랑이 아파 벌겋지만
눈이 검정콩처럼 감기지만
파도를 피해 사구로 올라와
기웃 기웃 별들을
함께 구경하러 왔는데,
무서워서 너무 꽉 껴안았나봐
썰물처럼 녹아버렸어
푹 삭힌 새우는
해풍 좋은 염전이었어

잡탕밥

여기 잡탕밥 둘!

사는 게 뭐라고
그까짓 인생이 뭐라고
섞고 볶다 보면 그게 그거 아니겠어
새우의 갑옷을 벗기고,
오징어를 칼등으로 으깨고,
해삼을 능지처참하고,
전복을 비응도飛鷹島 우럭처럼 날리고,
소라의 어깨를 긁어
고추기름, 식용유, 대파, 마늘, 간장, 굴소스가
떡 하니 입 벌려 날름 밥을 받아먹고
뒹굴다 보면 잡탕밥 아니겠어
사는 일이 짬짬하고 싱거울 때
삶의 날것들을 모아 채썰기라도 하여

모아두면, 아니 이 삶과 저 삶 위에 달걀 하나 툭,

까 올려 비비고 볶아 본다면 알겠지

사는 일이 뭐라고

지지고 볶으며 날마다 날마다

잡탕밥을 짓고 있는 일이라고

내력

세 딸 데리고 솥뚜껑 삼겹살 집에 갔어

고기를 뒤집다 작은애가 하얀 육즙 같은 눈물을 보이잖아

왜, 고기가 맛이 없어

학교에서 무슨 일 있었니

뭐야, 눈치 없게시리, 막내가 다짜고짜 구박이다

남자친구랑 헤어졌잖아

아빠는 참 관심도 없어, 그것도 몰라

그 멸치같이 생긴 놈이 뭘 어쨌다고

나는 이미 타버린 고기를 꾹꾹 눌러 의미 없이 뒤집기만 하는 것이다

저 어린 것이 이별의 아픔을 정말 아는 것인지

사랑이라는 비계처럼 물컹한 뜨거움에 데었으니 얼마나 아릴까

당장이라도 솥뚜껑을 엎고 싶은 마음이 부글부글 끓었어

그런데, 나 참 비겁한 거 있지

삼겹살을 구우며 사실 나도 옛 애인을 생각했던 거야
딸애나 나나 마음은 불편한 거야
한때 뜨거움을 품었던 것
불판 위 고기처럼 몸을 뒤집으며 뒤척이다 익어버렸다는 것
누군가의 입안에서 고소하게 씹혔던 사랑이었다는 것
삼겹살이 익는 동안 딸애는 말이 없었고
나는 어디서 비 오는 소리만 웅얼웅얼 들었던 거야

고독한 미식가*

혼자라는 말은 입 밖으로 나오며 혼자가 아니다

나는 어스름을 보았고 그와 팔짱을 끼고 걸었고 들을 말했고 강을 읽었다 때때로 흘러나오는 유행가 가사의 은유를 말했고 그는 직유라고 답했다

함께 식당을 찾아 골목을 엎어버렸고,
염통을 먹었고 도리야끼 소스를 핥았고 사세보 뒷골목에서 나마비루를 마셨다

그와 나는 홍매 꽃처럼 봄볕에 취했다

* 마츠시게 유타카 주연의 일본 드라마

거짓말

분명 사천 짜장을 시켰는데 칠천 원이다
때 지난 점심, 냉장고 벽 위 매미처럼 붙어 있는
찌라시를 바라보며
신중하게 고르고 고른 것인데
맵다 여러 말할 것 없이 그냥 맵다
숯가마에 든 것처럼 땀이 흐르고
안경을 들썩거리고
머리를 벅벅 긁고
배롱나무처럼 온몸이 간질거리고
입을 닭똥집 모양으로 해서 소심하게 후루룩 먹는 것인데
그래도 자꾸만 사천 짜장이 왜 칠천 원인지 궁금한 것인데
사천이 면 값이고 삼천이 매운 값인가
사천이 매운 값이고 삼천이 면 값인가
왜 세상은 거짓말투성이인지 궁금한 것인데

해물짬뽕 집

혼밥이 편한 까닭은 밥상의 세상을 혼자 벌컥 벌컥 말아 먹을 수 있어서다
눈치 보지 않고 밥상의 질서를 좌지우지할 수 있어서다
눈칫밥이 지겨운 날은 훌훌 털고 혼자 식당을 찾는다

부안군 문정로를 걷다가, 행정구역 명칭인 문정 앞에서 가슴이 아리다
한때 도반이었고 한때 스승이었던 시인 문정
그가 매몰차게 던져버린 세상을, 이 길을
강아지풀 꼬리가 흔들리도록 쿵쿵 지난다
당신 이름 너무 벅차 생각하지 않겠다며
굴삭기처럼 보도블록을 찍으며 앞만 바라보며 걷는다

삼선해물짬뽕밥에 소주 한 병을 비운 사이
말도 안 돼, 그가 하모니카를 불고 있다

당신 언제 내 앞에 앉아 있었던 거야?

방긋 웃으며 홍주 병을 건네주는 그가
오늘도 혼자 산에 올랐는지
붉은산꽃하늘소 한 마리를 머리에 이고 있다

임실슈퍼

전주에 유명한 것이 비빔밥만이 아니다

순대국밥, 콩나물국밥, 초코파이가 다가 아니다

가게 맥주 마셔 본 적 있는가

병맥주를 마시며

출신 성분을 따지지 않고 오순도순 입방아를 찧다

명태포를 기승전결로 찢어 본 적 있는가

대가리는 숙주와 함께 탕으로 올리고

이빨이 델 만큼 뜨겁고 단단한 명태포를 씹어본 적 있는가

어느 날 씹다 만 포를 삼키다

명태보다 가시가 많고 통으로 씹기 어려운 것이 무얼까 생각하다

삶은 권태!

이것을 어찌 씹어 삼킬까 걱정스러웠다

그러나, 그런 걱정은 하지 마시라

작정하면 권태쯤 부드럽게 요리할 수 있다

당신 뚝배기에 육수 우러나면 대파 크게 썰어 넣고
권태를 아무도 모르게 한번 익혀 올려놓으면 될 일이다

떡볶이

떡은 멋쟁이
얼굴도 하얗고 다리도 긴데
어묵보다
소시지보다
고추장 팩을 더 많이 하잖아

얼마나 자랑하고 싶었으면!
봐, 젓가락으로 허리를 잘록하게 눌러주면
맵시를 뽐내며 출랑출랑 춤을 추잖아

그렇다고 너무 오래 쳐다보지는 마
재롱 잔치라도 나온 아이처럼 부끄러워
빨간 내복을 입고 스파이더맨처럼
볶음팬에 덜컥 붙어버리잖아

바지락 술찜

심야 식당에 들어 짐짝처럼 앉아 본 적 있는가
쓰촨성 부둣가 짐꾼들이 만들던 탄탄면처럼
마늘을 볶음팬에 올리고 올리브유에 달달 볶다
해감내 풀어 젓가락으로
빠다를, 서핑보드처럼 파고波高 꼭짓점에 떨어뜨려 본 적 있는가
후지산 만설처럼 녹차 향이 달아오를 때
그때 바지락이 바질바질 입을 벌려주고
덩달아 입 벌리고,
받아먹는 바지락 술찜

사케さけ 사케 사케가 희게 들어와 심야 식당을 밝히네

양파 장아찌

아침부터 베란다가 시끄럽습니다
싸리 바구니 셋방 식구들도
이제 막 일어난 모양입니다

형, 형 저리 좀 비켜줘
팔을 벌릴 수 없어 기지개를 못 펴겠잖아

누나, 누나 대굴대굴 굴러와
내 엉덩이 냄새 좀 맡아봐
어젯밤 조금 더 뚱뚱해졌나봐
속살도 올랐고 매운맛도 세졌어

어제 저녁 애호박, 느타리버섯 아저씨랑
된장온천 여행을 떠난 할아버지 대신
할머니가 콜록 콜록 대답합니다
많이 컸네, 내 새끼
제법 매운 향이 자랐네
이제 혼자 짜장찜질방에 가도 될 것 같구나

할머니, 할머니 저는 커서 아주 긴 여행을 떠날 거예요

간장해수욕장으로 휴가 가서 청양고추랑

오래오래 물놀이만 할 거예요

2부
잠이 늦게 귀가 하시네

굴참나무

비가 내릴 줄 미리 알고 굴참나무는 작은 잎을 천장 삼아 수꽃을 아랫목으로 내몰았습니다. 흠뻑 젖은 심장이 울컥거리다 붉은 암꽃으로 열렸습니다. 서억서억 살 베이듯 떨고 울었습니다. 꼭 빗물 때문만은 아니었을 일입니다. 바람이 손잡고 떠나버린 한 잎의 사랑과 끝내 버리지 못한 사내의 아궁이 안에서 타오르던 뼈,

가지가 가지를 부둥켜안고 번지 점프를 하듯 뛰어 나가버렸습니다. 진작 빠져나간 사내의 흔적을 더듬으며 단풍이 들었습니다. 새 한 마리 물방울을 털고 처마에 앉았습니다. 뼛조각을 뚝 뚝 씹어 산들산들 바람에 날려 보냈습니다. 나무는 겨울 내내 붉은 잎을 털어내지 못했습니다

활주로

바퀴 자국이 벌벌 떨다 까무러친다
새가 눈을 부릅뜨고 발을 구르며
덜커덩 덜커덩 달려오는 모습을 바라보다
너무 무서워 눈을 감아버렸다
어디서 민들레 흰꽃 하나 날아와 눈꺼풀을 간지럽힌다
울던 바퀴 자국이 하늘보다 파랗게 웃는다
누워 쏴 자세로 공중을 가르는 새를 바라보다
저 멀리 난징으로, 호치민으로, 블라디보스토크로
세상에 풀 죽어 있는 들꽃을 실어 나르는
새의 배를 유심히 지켜본다
구름같이 아찔한 공중의 꿈을 품고 있는
동그랗고 번들거리는 저 배는
먹지 않아도 배부르겠다 싶어
뒤집어 바닥에 배꼽을 맞추고 박박 기어간다
바퀴 자국은 지우개가 되어 스스로를 지운다

다른 바퀴에게 발길질을 당하기 전에

새가 흔들리지 않고 똑바로 날아갈 수 있도록

더 크고 더 많은 들꽃이 피어날 수 있도록

기꺼이 새에게 길을 내어준다

이연異緣

비오는 날 조간신문처럼 비닐에 밀봉되어
그와 함께 배달된다
몇 장의 전단지처럼 혀를 내밀면
금방 버려질 두려움에 어깨 뒤로 꼭꼭 숨는다
세상은 그날을 알고 있었고,
아직도 못다 한 사랑에 미쳐 날뛰던 활자가
얼룩이 되고 수류탄이 되고 미사일이 되어
그와 나를 한방 먹이려 사자처럼 달려들겠지
풀이 새파랗게 놀라겠지
그도 주저앉고 나도 누워버리겠지
석양이 길게 휘파람을 불고 누 떼가 몰려오겠지
저 푸른 초원 위 천둥 같은 이별에 놀라
누 떼가 줄행랑을 치겠지
그대로 우리는 풀이 되겠지
그대로 우리는 노란별꽃이 되겠지

벌벌 떨다 울먹이다 착한 초식동물이 되겠지

스리랑카 코끼리가 풀을 먹는 방법

스리랑카 코끼리가 풀을 먹는 모습을 본 적이 있는가
스리랑카 코끼리는 먼저 혀를 돌돌 말아 입에 가득 풀을 물고
한 발을 들어 툴툴 턴다
그리고 개울에 씻은 다음 꿀꺽 삼킨다
봐라
코끼리도 더러운 것 털고 제 입에 넣는데,
그보다 못한 인간 세상,
식기 세척기처럼 더러움만 먹어 삼키는 입이 참 많다
세제가 넘치게 씻어 담아 놓을 말語이 소란하다

겨울, 개

힘줄처럼 붉은 살얼음 낀 당신 눈 본 적 있지
거칠게 세상 앞에서 대놓고 으르렁거렸잖아
당신 눈에 실핏줄처럼 터진 눈물 본 적 있지
무릎 꿇는 대신 이 악물고 용설란처럼 거친 혀를 들락거렸지
사랑은 무슨, 개뼈다귀라고
당신과 나는 마주 앉아 컹컹거렸지
겨울 텃새가 흠칫 놀라 푸드덕 날아갔지

폭설경계령이 내렸고
동네방네 개 짖는 소리 우렁찼지

여러 날 웅성거리더니, 세상은 늙은 수캐처럼 침묵했지

밥줄

아침, 하루의 뼈를 묻어 두었다가
저녁, 손톱에 흙 알이 더렁더렁 박히도록 다시 박박 파내어
관처럼 끙끙 길어 올려 어깨에 메고 오는
식구의 밥상

겨울 극장

눈발을 얻어맞으면서도
새는 허공에 둥지를 짓는다
그리고 아낌없이 허물고 돌아간다
다시 겨울이 오면 새는
다시 둥지를 짓고 허물 것이다
있어도 없는 허공, 저 빈 곳
살다보면 세상이 극장 같을 때가 있다
제 아무리 구르고 덤빈다 한들
흑백 영화 영사기를 끝내 벗어나지 못하는
그리하여 새도 겨울도
미물인 나도
끝내 생을 뛰쳐나가지 못하는 필름 속 조연일 뿐

빈방
— 관사官舍 1

빈집보다 더 외로운 것은 빈방이다
세간살이 하나 없는 빈방은
백악질의 두께를 잘못 헤아려 자라난 이빨처럼
시리다
이미 생각은 비워버렸으나
새끼 새 한 마리 들어올 공간도 없다
비어 있으나 꽉 찬 이물감
잠깐 울먹이면 된다
삶이란 그런 것이다

퇴근
— 관사官舍 2

알맹이는 남고 껍데기만 왔다
벗어던진 옷이 나인 줄 알았으나
진짜, 나는
여전히
문밖에서 기웃거렸다

미결 서류처럼 복도에 버려진 나는
뚜뚜뚜뚜 번호키 비밀번호를 누르다
우주의 골방을 열어버렸다

신호음이 주파수를 결재판으로 덮어버렸다

얼룩

스무 살 여름 소주를 마시다 여린 팔뚝을 재떨이로 쓴 적 있었지

한번은 망설이다 재떨이 입꼬리에 담배를 물려주는 정도였지만

다음번은 정확하게 입안에 몰아넣고 샤끼샤끼 불똥을 먹어버렸어

팔뚝 위로 딱 입술 오물거릴 만큼 구멍이 생겼고

흰 뼈가 가끔 혀를 내밀었고

염증은 매미처럼 숨넘어가게 울었어

외과 의사는 한여름 무슨 짓이냐고

상처는 커지고 치유는 더디다고

해바라기를 혼내는 해처럼 나를 눈부시게 바라보았어

간호사가 수액 주사를 놓으려 팔뚝을 뒤집을 때마다

이유 없이 부끄러워 눈을 덮는다

혹 나를 반건달로 생각하지는 않을까 눈치 보며
치기 어린 배짱은 진작에 추간판보다 먼저 탈출해버렸는데
사람 사는 일, 속으로 얼룩 몇 개씩 박아놓고도 사는데
보이는 얼룩이 뭐 대수라는 듯
얼룩 위로 반창고를 안대처럼 붙인다

토란

— 세월호

비가 토란 밭 위에 귀를 대고 똑똑 합니다
너무나 조용하고 대답도 없습니다
이상하다
토란 싹이 무럭무럭 올라올 시절인데
아직 머리도 내밀지 못합니다
토란 싹은 무책임한 어른들의 세상에 토라져
꼭꼭 숨어버린 모양입니다
바닷물처럼 땅속에서 싹이 짜게 웁니다

해가 떨어진 길에서 나는

뱀이 오줌을 지린 것 같은 길, 벗어버린 허물처럼 한물간 꽃무리에 앉아 세월을 파네 날아가버린 청춘의 치맛자락에 고드름처럼 얼어버린 억장도 내다 팔 수 있다면, 깨지고 부서지는 일조차 마다하지 않으련만

아, 가을이 물고 오는 노을의 비린내

지긋지긋한 밤과 꽃처럼 알싸한 청춘의 낮을 후회하지 않는다고, 그러면 안 된다며 호통 치는 세상에게

옜다, 소처럼 푸성귀나 먹고 얌전히 살겠다고

보도블록 위 화단 꽃배추 씻어 상에 올리고, 내 살을 떼어 고기로 내어놓으니

이 저녁 길거리 제단은 봐라, 고기 익는 연기 자욱하다

토끼는 의외로 늦게 뛴다

가을 풀냄새에 창을 열었는데
저 멀리 서둘러 뛰어가는
토끼 한 마리 보았네
도심 한복판에 무슨 토끼냐 싶었으나
분명 검은 토끼 한 마리 보았네
눈 비비고,
멍하니 사라지는 토끼를 바라보다
토끼 눈이 되어버렸네
서둘러 해는 등 돌렸고
오늘 밤은 펑펑 눈이 내렸네
울음 송이 같은 함박눈 사이로
달이 빵처럼 부풀어 올라
뜯어 먹다 남은 슬픔이 파이고
가슴 한 잎,
토끼풀처럼 둥근 골을 만들었네

백야

잠이 늦게 귀가 하시네
오늘 밤 또 자정을 넘기시려나
바람난 사내처럼 슬그머니
새벽에나 들어오시려나
야쿠츠크 강변 벤치에서 노숙하다 깨어
눈 비비며 다시 다음 밤에나 찾아오시려나
잠이 잠잠하게 살아야 할 터인데
또 투정이시네
잠이 소곤소곤 지축을 달래야 할 터인데
또 심통이시네
밤이 오면 스스로 무장해제하고
벌러덩 누워 착하게
배를 보여야 할 텐데

슬픔에게

지난밤 편히 주무셨나요
폭우에 어디 젖은 데는 없나요
어제 왔던 슬픔이 오늘도 슬픔을 보냈던가요
모른 척하고 등 돌렸나요
눈길이라도 한번 주지 그랬어요
한번 안아주기라도 하지 그랬어요
당신 안에 있는 물컹한 울음덩어리를 꺼내
창밖 지저귀는 새에게 나눠주고
팔 벌려 드러누운 풀에게 나눠주고
찰랑찰랑 머리카락 날리는 나무에게 나눠주고
그래도 남으면 두고 가세요
오늘 밤 정말 가실 건가요
당신은 슬픔이 밤보다 어두워
밤을 업고 그윽그윽 가시겠지만
나는 당신이 남긴 슬픔까지 안고

칠흑처럼 캄캄해 엎어지고 쓰러지고 뒹굴다,

별이 지면 사라질 게요

당신 있는 세상에 별이 뜨거든

잘 지내냐 묻는 안부라 생각하세요

3부
슬픔의 뿌리를 말리는 일

땅콩꽃

아기 엉덩이같이 노랗고 부드러운 꽃잎이
잎 사이에 숨어 금처럼 반짝이네
가만히 앉아 지켜보려니
더 깊게 숨어버리네
아니다 싶어
오리걸음으로 어정쩡하게 뒷걸음치니
먹이를 받아먹는 아기 새처럼 다시 얼굴을 내미네
그 모양새가 귀여워
무엇을 닮았더라 누구를 닮았더라
골똘히 생각하다
마침내 알았네
백일 지난 우리 딸 똥을 닮았구나

사마귀

사마귀야 사마귀야
명절이라 엄마 집에 가는 사마귀야

옛날 내 고향, 백산댁은 자식을 혼낼 때
육두문자와 함께 버마재비라고 했지
그 시절 텔레비전에는 노상 이소룡 아자씨가
당랑권을 날렸지

사마귀야 사마귀야
세상도 너를 닮아 이제는 암컷이 수컷을 먹어치우네

과학관에서 사마귀의 눈으로 세상을 바라본 적 있었지
꿀단지처럼 보이지만 하나도 달콤하지 않았지
얼마나 답답했으면 눈에다 좁쌀을 뿌려버렸는지
몇 번을 깜박거려도 눈이 침침했지

〈

사마귀야 사마귀야

뒤집힌 세상, 당랑 안경을 쓰면 바로 볼 수 있을까

장다리꽃

노랗게 피었다

일주일 내내 술을 마시고
숙취의 아침, 산책길 활엽수의원에 들어
혈압을 재었다
고혈압에 여러 날 심장통을 앓았고
경계를 넘은 혈압이 뿌리털처럼 물렁하게 자라
혈관의 줄기를 살찌웠다
두더지처럼 당근 밭에 간 게 사단이었다
가뭄 같은 사랑을 달래느라
심장이 고장 나고 스스로 인공호흡을 했던 것이다
길은 좁았으나 오히려 발걸음이 가벼웠다
여기저기서 장다리꽃이 함께 림보 게임을 하고
싱그러운 날개도 뜯어 주었다
심장에 박힌 날카로운 이별을 날려 보냈다

더는

꽃도 묻지 않았다

한때 노랗다 금방 질색해버리는

그까짓 속없는 사랑을

당귀꽃

오래된 벽지나 식탁보 꽃병을 든든히 견디게 하는
짧고 튼튼한 말굽 자국이 하얗게 퍼져 물감처럼 번지네
꽃잎은 남편을 기다리다 식은 밥알을 덕지덕지 묻히고
철야 농성에 곯아떨어진 가로등 귓등에 매달린 확성기가
벌이랑 나비야, 놀다 가라고 어깨를 펴고 한참을 떠드는 동안
이미 등이 휘고 세상의 눈칫밥에 배불러
넙치처럼 엎드려 까르르르 놀다, 현관 문 박차고 입장하는
남편 구두 소리 화들짝 반가워, 둥글넓적 꽃이 핀다

설거지

사내가 돈 벌어다 주고 밤일 잘하는 것 말고
아내에게 사랑받을 수 있는 일이 뭘까 생각하다
밥 짓고 국 끓이고 반찬 만들고
청소하고 빨래 널고 음식물 쓰레기도 버렸지만
이놈의 설거지는 참 못 할 일이다
물기가 덜 말랐네 세제가 남아 있네 밥알이 살아 있네
할 때마다 한 방씩 얻어맞으니
다른 일은 다 해도 이놈의 설거지는 정말 못 할 일이다
얼마 안 되는 내 생도 지금까지
옳게 설거지를 해본 일이 없는데
내가 무슨 그릇을 무슨 접시를
투덜거리는 사이 아뿔싸!
설거지통으로 미끄러진 접시가 쨍그랑 한다

술이나 처먹지 마, 이 인간아!

가족

봄 햇살이 면발처럼 부르텄으니 맛 좋은 짬뽕 집에서 땀이나 흘리자 해서 후배 둘과 친구 하나와 선배 둘, 카니발에 만두소처럼 끼워 앉아 사거리 지나 육수 좋은 짬뽕 집 가는 길,

운전석 시트 뒷목이 비듬처럼 하얗게 터져 있어 이거 왜 그러냐, 물었더니 조금 더 자세히 보라 한다

'가좃'이라고 쓰여 있는 낙서를, ㅈ 딱 그 끝소리 하나 때문에, 처절하게 지우려 한 흔적이 보였다

막 유치원에 들어가 한글을 배우던 효림이가 가족 나들이로 내변산을 가는 길이 너무 좋아서 유치원에서 배운 글자 '가족'을 쓴다는 것이 '가좃'으로 잘못 쓴 거라 한다

나는 운전석으로 얼굴을 살짝 들이밀고 효림이 아빠 왼쪽 귀에다 쥐도 새도 모르게 말해주었다

야, 가족도 결국 좆에서 시작됐잖아!

공벌레

바닥을 기는 벌레를 바라보다가
벌레를 따라 몇 발자국 쫓다가
아예 쪼그려 앉아 유심히 지켜보다가
발이 많다고 빨리 가는 것도 아닌 세상이라고
저 작은 벌레가 죽 같은 소리로 투덜대는 말을
듣고 말았어
집게손가락을 총구처럼 펴고 한번 툭 건들었더니
글쎄 럭비공처럼 몸을 돌돌 말고는
그래, 툭툭 쳐 봐라
내 톡톡 튀어 세상 밖으로 나가버릴 테니
도리어 나를 겁박하는 게야
사는 일은 화약총처럼 상처주지 않는 위협으로부터
새떼처럼 쫓겨 다니지 않으려 안간힘을 다하는 일
세상을 나무라고 누군가에게 지시했던 손가락이
저 작은 벌레에게는 눈 부릅뜨게 만드는 무기가 되었던 게지

손가락질 한 번으로 벌레의 경經을 공으로 들어버린 게야

붕어 해부

물 안에 들어 산 지 얼마였나
수풀에 얽힌 몸을 흔들다, 찢긴 비늘을 뚝 떼어 내고
물길을 잃었다 길만 잃은 것이 아니라 세상도 잃었다
아니, 버렸다
나는 세상을 잃고 울고 있는 해부용 붕어다
욕망의 먹이에 한 코 물린 천한 생물이다
스스로 끊지 못한 욕심을 꼬리지느러미로 날려버려야 했지만
경솔하고 욕심 많은 나는 강바닥에 납작 엎드려 칼끝을 기다린다
부레와 부레 사이를 핀셋으로 벌린다
아프게 흐르는 눈물보다, 내 삶을 제대로 헤엄치지 못한 아쉬움이 더 뜨거웠다
알집을 걷어 내고 내장을 들춘다
간을 꼭꼭 찔러 본다

아, 저 독한 진액을 보라

얼마나 많은 업을 꾸역꾸역 먹고 살았는가

겹겹의 아가미를 뜯어버린다

물 안에서 나는 이제 아무것도 아니다

끝나버린 생이다

다시, 물 밖으로 나가 물속을 영영 기억하지 않을 일이다

변압기

비를 맞으며 붕어처럼 입 벌리고 변압기를 바라본다
비가 오나 눈이 오나 전기를 낮추는 일은 거룩하다
저 거룩한 기계를 슬픈 눈으로 바라본다
특고압 전류를 세상 살기 적당한 전류로 낮춰주는
저 거룩한 기계를 심장 한쪽에 꽁꽁 묶어 둔 채 살고 싶다
세상에서 뒤처지거나 밀려날 때마다
고압의 욕심을 덜어 내주거나
무능력의 전압을 깨닫게 해준다면
이 거룩한 세상에서 비를 맞으며
더는 비처럼 울 일이 없을 것이니

일기

비 내리는 아침 새장 앞에서 입맛 다시는 고삐 풀린 개 두 마리를 달래 보내고 석류나무에게 아침 인사를 한다 석류꽃에 손을 뻗어 보았으나 빗물에 미끄러져 터럭 하나도 잡지 못했다 열망은 저렇듯 가까이 있으면서 멀리 있다

기찻길 옆 아가 집처럼 심장이 들썩거리는 날은 가을 동산에 올라, 이유 없이 울고 있는 감나무의 등이라도 바라봐야지 어깨라도 다독여 줘야지 살다 보면 비 멈추듯 감 떨어지는 날 오겠지 세상에 물들어도 감 없이 산다면 얼마나 편할까 감감하게 푸르렀다 멍들었다 익어버려 스스로 어깨를 자르고 낙하하는 성질 급한 감꽃처럼 감잎처럼

탈고

가을밤 웅크리고 앉아
찐 감자를 먹다 울컥 뜨거움을 삼킨다
봄날 씨감자를 심고 싹을 틔워
꽃 피우고 잎 말려 수확한 감자를
신문지에 꽁꽁 쌓아 이 밤 푹 쪄 먹는 일이,
빼 먹을 것 다 빼 먹은 글과 같다
이제는 텅 비어버린 고통의 책상
그 밤 가을 눈처럼 서둘러 내려버린
서러운 울음
머릿속 곳간에 쥐새끼 한 마리도
들락거리지 않는다

짖다

사랑을 부르는 짓은 화살나무 열매처럼 붉음의 알갱이를 입밖으로 설레게 뱉어 내는 일이 아니다

사랑이 도망가려 하는 날은 높은 산을 올라 아무리 내려 보아도 보이지 않는 어디 저 건너 세상에 소리소문 없이 숨어 사는 백발 마녀에게 소원을 빌며, 세상 사랑이란 사랑은 물어뜯어 달라 메아리로 보낼 일이다

그가 남겨놓고 가버린 탁자 위 오래된 연필처럼 기억이 죽어버린 심이 못 박힌 자리를 찾아 박박 갉아먹는 일이 전부다

너무 많이 씹다 버린 기억은 오히려 소화가 되지 않아

배고픔에 쓰러진 아슬아슬한 당신의 혀가, 풍등처럼 떠올라 그예 가버린 환각의 꽃무릇을 꽃아 지라 지라하며,

지랄 지랄 짖다

여자가 남자를 사랑할 때

사내의 사랑은 변질이 심해서 여자는 냉장고에 사내를 넣어 두고 사랑이 필요할 때마다 신선한 우유와 함께 꺼내어 밥을 먹이고 사랑해 주었습니다 그러나 사내의 사랑이 변질되는 시기를 밀쳐둘 뿐 냉장고가 변질을 영원히 막을 수는 없는 노릇이었습니다 어느 날 냉장고에서 사내를 꺼내 밥상 위에 사내를 올려놓고 한 스푼 떠먹다가 울컥, 상해버린 사내를 뱉어 내었습니다

아니다, 이번 사랑도 끝이다 싶어 먹다 만 사내를 음식물 쓰레기로 버리고 한 계절 서럽게 살던 여자는 전기밥솥의 밥알처럼 뜨거운 사랑을 만났습니다 사랑이 적당히 식었을 때 이번에는 사내를 냉동고에 넣었습니다 쉽사리 변질되지는 않았지만 문제는 아무리 단단한 스푼을 사용해도 사랑을 떠먹기가 예삿일이 아니었습니다 사내를 실온에 적당히 보관할 수 있을 정도로 녹인 후 독한 방부처리를 하였습니다 곁에 두고 시시때때로 사랑을 떠먹었습니다 사랑을 다 비우고 나서 여자의 생명

도 비워졌습니다

울다

바람이 손톱으로 창문을 열자 가지를 한입 베어 문, 지는 해에 배 깔고 누워 있던 세월이 하루를 뚝 떼어 목숨 한 줄 버린다. 갈 수 없는 나라와 곁을 떠나야 하는 망명자 사이에서 고독이란 사내가 외롭게 서 있다. 어디에도 설 수 없는 다국적 바코드에 박힌 사내는 바바리코트 깃을 올리고 입술을 닫는다. 방은 텅 비었고, 누구 하나 바라보거나 작은 창을 들락거리는 경전 한 줄 없는데, 부르르 제 몸을 털면 나방 비늘 같은 분을 털고 통으로 묶어버린 슬픔을 한 올 한 올 다시 주워 입는다. 세상의 입장과 고독의 입장이 피 터지게 입술을 떠벌리려 하는 동안 창문을 벌컥 닫아버리고 바람의 사구로 내몰린 모래의 심장을 받아 사막을 들썩거리게 하는 오아시스가 세상 전부를 물바다로 만들어버렸으나, 지느러미가 없는 고독이 아버지처럼 늦은 밤 오신다.

불 좀 켜주세요. 지금도 물이라면 부리나케 목젖이 쩍쩍 말라 와요. 물이 숨을 마르게 할 수 있잖아요. 눈물이 눈물을 말릴 수 있잖아요. 사막 같은 슬픔에 써걱써걱 울다보면 낙타도 따라 울잖아요. 세상 따듯하게 버릴 수 있는 방법은 울고 울어 슬픔의 뿌리를 말리는 일이에요

4부
추억은 대개 허기진 거야

마흔 넷

영혼은 퇴행하고
아픔은 진화했다

장마

화투판을 엎고 따지다
할 말을 잃었다
사실 반칙과 사기는 없었지만
빗소리에 이유 없이 꼴려,
분간 없이 시정잡배처럼 발정이 났다
좆같이 개평도 물려줄 줄 모르는
더러운 세상,
머쓱하여 괜히 비 탓만 하는 것이다

연사처럼 비는 오는고만
지랄 지랄해도 비는 오는고만
오노도후*는 종이만 젖은 것이 아니라
붓도 젖었고만
물감도 젖었고만
속 것도 젖었고만

아랫도리도 젖었고만

우산도 젖었고만

개구리는 물만 게우는고만

돌이끼처럼 넙죽 엎드렸고만

* 小野道風(894~966). 화투 비광에 그려진 인물. 일본의 3대 서예가.

밀항

판목선을 타고 밀항을 했다

괴이하게 생긴 배는 반쪽이었으나

순항했다

여권을 찾느라 발을 동동 굴렀다

선미船尾를 뒤집으며 일어나 땀을 닦았고

이런 난리통에 여권이 필요한가

이건 꿈인데 의아해 하다

아, 오랜 항해 때문인가

나가사끼 항이 가까워 다시 항우울제를 먹고

어물고를 뜯어 탈출 뗏목을 만들어 주었다

군함도에서 아직도 표류중인

불쌍한 유령들에게 말이다

신탄역에서

톱밥 같은 눈이 내리는 새벽
목각 인형처럼 대합실에 앉아 있는 노인은
꾸벅꾸벅 새처럼 졸다, 기적 소리에 눈을 뜨네
그의 눈은 파란 하늘처럼 맑았으나
구름 떼가 울음을 몰고 오네
눈물이 언 땅을 녹이고
세상도 봄처럼 팔 벌려 꽃밭이 되네
원산행 기차에 몸을 실은 노인은 눈을 감고
철로의 울림에 낮게 귀를 내려 자장자장 달리네
고향의 풀, 나무, 돌, 산을 지나
새소리 우렁찬 개울가에 닿네
피라미를 잡다 무럭무럭 올라오는 밥 익는 연기에
고무신보다 먼저 집으로 달려가네
잘 익은 김치가 입안에서 아삭 아삭 꼬리짓하네
배부른 소년은 아궁이 앞에서 입 벌리고

고양이털처럼 잠드네
주먹밥처럼 폭설이 내리는 폐역에서
꽁꽁 언 저수지처럼 텅 빈 대합실에서
노인이 말 떼를 몰고 북으로
북으로 달려가네
기차가 다시 말처럼 달리네

퇴고

술이 없으면 한 마디의 진실도 뱉지 못한다
탯줄을 잡듯 생의 치부를 감사히 어루만지면 좋으련만
지구가 둥글다는 진리를 세상이 둥글다는 편견으로 안다
성냥갑 속에 담긴 성냥처럼 언제 희생양이 될까 불안하다
바람도 한 번 찾은 곳은 잊지 않는 법
선禪을 하는 마음으로, 꼭 꼭 잠긴 방문을 열고 새장을 단다
손금과 함께 금이 가는 구관조,
바람에 실린다 밤만 되면 시 읽는, 여자
의 혀가 새장에서 흘러나오고 모이를 주다 쪼인 손이
책상에 칼질을 한다
원고지를 그리다 꽃병을 엎질렀다
얼룩진 생각이 촛농처럼 달라붙고 나는 맑은 정신으로
누에처럼 꿈틀거리며 말을 뱉는다

낙엽

얼마 남지 않은 몇 잎이 끝끝내 붙들고 있는 것은, 다 발라 먹고 뼈만 남은 조기의 끈덕지게 붙어있는 살점 같은 당최 떨어질 줄 모르는 가을날의 미련일지라

낙엽을 밟는 일은 퍽 낭만적인 것만은 아냐
낙엽 밟는 소리는 어린 날 소보로빵 봉지를 뜯는 소리 같아
그래서 추억은 대개 허기진 거야

저것 봐라, 한 입만 베어 먹으라 했더니 잎 참 크게 벌렸구나
얼마나 많이 먹었으면 저기 달똥 떨어진다
검은 하늘에 붉은 낚시줄을 긋는다
지상으로 떨어지며 이 밤 촛불이 되겠지

달 다방 레지

분화구 속에서 얼룩얼룩 젖어서 나온 여인은 외계인처럼 달을 머리에 올려놓고, 카메론 디아즈처럼 시거를 물고 양손에 찻잔을 돌린다 찌르르르 읊조리는 추파 섞인 목소리가 레코드판에서 튀기는 빌리 조엘 노래 같다 붕붕 젖가슴이 애드벌룬처럼 커져 유즙을 로켓트처럼 쏘아댄다. 한 비트 빠르게 커피향이 흐르고 간판 같은 목소리가 오른쪽 뺨을 후려친다 한 바퀴 휭 돌아 구미호처럼 간을 빼어 물고 혼마저 입에 물고 아름다운 아가씨 어찌 그리 이쁘나요 아, 아, 아카시아 꽃향 한 스푼 풍-덩

발가락

당신은 언제나 말없이 두꺼운 짐을 이고 살았네요 그 못된 놈이 당신을 괴롭힌다는 생각은 각질만큼도 못했어요, 아이는 이제 울지 않으려나 봐요 언제 이렇게 쑥쑥 자랐는지 제법 냄새도 나요 갈라지고 간지러워지는 것이 장성한 큰놈 대신 셋째를 가르쳐야 될 것 같아요 텔레비전이나 냉난방기 리모콘, 다리미 코드를 다룰 수 있는 기술을요 해가 떨어져도, 오늘처럼 열대야는 평상에 누워 가위처럼 다리 벌리고 시원하게 노래 불러요 쓱싹, 쓱싹 별 사이로 벌어지는 당신을 위한 K팝스타

철도원*

이 강 지나 어디로 가는 거냐
철길은 시장처럼 분주하네
겨울 철새처럼 떠나야 했던 풋사랑은
둥둥 수제비처럼 떠올라 하늘 경적을 울리네
종착역에서 눈꽃마을로 다시 회귀하는
기차에 올라타고, 양아치처럼 팔뚝에 담배를 지지며
독하게 떠나리라 마음먹었건만
차창 너머 날리는 나트륨등의 눈부심에
밤벌레처럼 담뱃갑 속으로 숨네
너의 따귀라도 때리고 돌아왔으면
아무렇지 않았을 것을
백설탕 같은 눈물이 깨지며
부시맨에게 던져진 콜라병처럼
너는 나의 아픈 문명
잘 있어, 오또

잘 가, 유끼꼬

* 다카쿠라 켄 주연의 일본 영화

사춘기

그날 나는 최루탄 냄새를 맡았지
병무청 사거리 학교 앞에서
눈만 매운 민주주의를 보았지
학교 팔꿈치를 스치면 전주여상이 있었지
체육 시간이면 으레 공을 담장 밖으로 넘겼지
누나들이 키득키득하며 올려주는 공을
별처럼 받았지
달처럼 안았지
영어 시간 우에또 아야를 닮은 여선생이
분단과 분단 사이를 가를 때
나는 쓰리빠 이마에 박아놓은 민경을 슬쩍 밀며
때때로 빤스 색깔을 확인했지
어느 날 빤스의 붉은 꽃을 보았을 때
나는 울었지
화장실로 달려갔지

구더기처럼 웅크리고 울었지

귀가

아침에 눈 뜨자마자 오줌을 누는데 창밖에서 새소리가 변기까지 날아왔다

지그시 눈을 감고 오줌 줄기를 느슨하게 풀고 귀를 가만히 열었다

아, 아직 내가 살아 있구나 어젯밤 쌓인 울음도 흘려보냈다

볼일을 끝내고 나와 보니
새끼가 길바닥에 주저앉아 울고 있다
생에 무릎 꿇은 내 새끼, 내 새끼
어미 새가 오르락 내리락 짖어대고 있다

벚나무는 폭염에 뜨거웠지만
새끼에게는 지금 엄동설한일 것이다
어설프게 뒷걸음치는 새끼를 잔디밭에 옮겨 주었다

〈

밥 한술 떠먹고 돌아오니

측백나무 가지 위에 어미와 새끼가 지지배배 울고 있다

무슨 일이 있었냐는 듯

밤의 나그네*

어두워 그리운 것은
빛
헤매다 찾아간 것도
빛
울다 울다 눈물을 닦아주는
그 빛

빛이 있으나 밤이 없네
밤이 있으나 어둠이 없네
밤마다 밤마다 구름을 지나는 나그네
사시사철 어떤 밤도
외투를 벗어 주지 않을 일
욕하지 못할 빛

〈

아,

가을빛!

* 오기택의 노래 제목

냄새

환절기 독한 감기는 구렁이처럼 슬렁슬렁 와 물렁물렁 입 벌리고 문다

항생제를 투약한다는 의사의 처방을 기꺼이 반기고
주사도 안전망 한 바늘 꽂아 달라 간곡히 청한다
며칠 끙끙대며 복용법에 맞춰 끼니 끼니 약을 털고
소변기 위 골마리 까고 오줌을 눈다
몇 날 며칠 소파의 부피와 넓이를 헤아리다, 속옷을 갈아입는 것조차 잊다
횟감처럼 물세척하고 지느러미를 벗어던지다,
바닥에 원산폭격하는 벗어던진 빤스를 킁킁 챙겨 본다
무엇인가 익숙한
국화꽃 향,
507호에 투숙했던 아버지의 그 아렸던 향기
대장암 말기, 시시때때로 진통제와 항생제에 살균 세탁되었

던 예수병원 세탁소 냄새를,

나는 알았다

버렸던 삶을 끝내 어디 빈방에 숨겨 놓고 떠났을 아버지 빤
스를

나는 진즉 품고 살았던 일이다

아, 거룩한 슬픔의 냄새는 감기약처럼 졸리고 나른하여

죽음과 삶의 얼룩으로 말라 간다

허튼 생각, 결코 시가 될 수 없겠지만

*

아침 버스를 타고 오는데 문득 옛날 회수권이 생각나는 거야 삶도 요금통에 들어가버린 회수권처럼 세상에게 회수당하는 거야

*

스무 살에 시를 시시하게 생각했고, 서른 살에 시를 무섭게 생각했고, 마흔 살에 시를 아프게 생각했는데, 오늘은 시를 생각하지 않는 나를 생각하다 분노했지

*

나는 익은 마늘보다 생마늘을, 볶은 가지보다 생가지를, 삶은 고구마보다 생고구마를 좋아하는데, 왜 마음은 생으로 보여주지 못하나

*

뽕짝과 째즈는 어쩌면 아슬아슬한 사랑이었을 거야. 애인처럼 곁에 누워 걱정스레 바라보는 게 째즈라면 아무것도 모르고 죽음처럼 스르르 잠드는 게 뽕짝일 거야

*

뚫어져라 창밖을 바라보다 보면, 풍경이 흐려질 때가 있어 그러면 창이 거울처럼 나를 비추는 거야

*

다시 밤이 올 거야 식욕을 잃은 별이 먹다 뱉어버린 하늘이 눈앞까지 내려오면, 더 어둡고 더 외로워질 거야 어둡지 않은 밤이 없듯 외롭지 않은 사람도 없을 거야

*

짐을 쌀 때마다 무엇 때문에 나를 이리도 차곡차곡 쌓아 두었나 싶어 오늘은 묵었던 나를 파쇄기에 넣어 갈았고, 가벼운 나를 끌고 왔어

*

나는 아무것도 없는데, 그런데 왜 세상은 나에게 아무거나 달라고 하는 거지?

벌집

대추벌들이 고된 노동에 벌벌 떨다 집을 지었을지라
동그랗게 동그랗게 한 생 단단히 굴렸을지라
집 한 채 거뜬히 지고 들떠 날았을지라
알을 낳고 애벌레를 키우고 번데기 학교에 보내고
꽃가루를 모으고 꿀을 저금하느라
육각형 문을 강철처럼 들락거렸을지라
공주님 놀라지 않게 편히 화장하시라고
왕대王臺를 밤낮으로 지키는 병사의 눈은 충혈된 벌집일지라

발문

시 맛을 아는, '고독한 미식가'

— 박수서 시인의 「해물짬뽕 집」에 가다

김형미(시인)

1. 마흔 넷, 영혼의 말

그의 나이 올해로 마흔 넷. "영혼은 퇴행하고 / 아픔은 진화했다"(「마흔 넷」 전문)고, 그는 말했다. 죽는 이치도 알고, 사는 이치도 안다고 얼마만큼은 말할 수 있는 나이. 무엇이 그토록 그를 메마르고 황폐하게 만들었을까. 영혼이 퇴행할 만큼 아프게 만든 것은 무엇이었을까. 무엇이 그로 하여금 "사는 게 뭐라고 / 그까짓 인생이 뭐라고"「잡탕밥」 부분)라며 냉소를 드러내게 하였을까.

이쯤해서 나는 가만히 그와의 인연을 되짚어볼 수밖에 없었다. 박수서 시인을 처음 만난 곳은 막 대학교에 입학해서 가입한 '원광문학회'라는 동아리에서였다. 1983년 창립되어 시, 소설, 평론, 희곡, 수필을 죄다 아우르는, 교내에서는 물론 외부에까지도 당시 상당한 위상이 있었던 문학 동아리였다.

기수로는 2년 위였던 박수서 시인은, 항상 엉뚱한 상상력과 재치 있는 유머로 사람들을 웃게 만들곤 했다. 엉뚱하다 못해 약간은 그로테스크하기까지 한 그의 상상력이 조금은 부담스럽기도 했다. 부담스러움을 또 그만의 특유의 재치로 잘 버무리는 것도 타고난 그의 재주라면 재주였다. 해서 늘 그저 웃을 수밖에 없는 상황이 되어버리곤 했는데, 특히 능글맞은 목소리로 「밤안개」를 부르던 모습은 지금도 어제 일만큼이나 생생하다.

엉뚱한 상상력과는 달리 그의 시만큼은 늘 진지했다. 서정성이 강하고, 사람의 마음을 울리는 잔잔한 감동이 있었다. 그래서 모두들 그를 좋아했고, 그의 시를 아꼈다. 자주 왕래하지는 않았지만 늘 지척에 두고 지내오면서, 그의 영혼이 눅눅한 습기를 머금을 정도로 힘겨워할 만한 일은 없어보였다. 사실 따지고 보면 서로를 알아온 세월에 비해 또한 안다고도 할 수 없는 시간이었다. 안다는 것은, 곁에서 영혼의 깊이를 나눠가질 수 있을 때나 쓰는 말일 것이기 때문이다. 그러니 그동안 그리 하지 못한 선배와 나는 안다고도, 모른다고도 할 수 없는 사이인 것이다. 하지만 인연됨이 항시 때가 있는 것이어서, 이제야 그의 영혼과 똑바로 마주할 때가 되었나 싶다.

직업상 부안으로 발령이 난 그가 『해물짬뽕 집』을 내겠다고 연락이 오지 않았던들 그 속내를 알기나 했을까. "먹고 사는 일이나 / 시를 짓는 일이 / 버겁기는 한가지"(시인의 말 중)라고,

『해물짬뽕 집』에 들어서는 입구에서부터 시인은 말했다. 여전히 우스꽝스러운 유머를 재치 있게 구사할 줄 아는 선배 시인의 입에서 나온 얘기가 충격이라면 충격이었을까.

하지만 어느 곳이든 한 곳에 깊숙이 들어갔다 나온 사람의 눈을 나는 기억하고 있다. 그것이 시든, 아픔이든, 사람속이거나 죽음이든 간에. 다른 무엇도 아닌 자기 자신 하나만 가지고 '들어가는' 사람은, 그 속에서 충분히 삭여낸 심장을 가지고 다시 나올 수 있다는 것 또한 기억하고 있다. 하여 "한겨울 인생의 쓴맛을 혹독히 겪"(「머우 무침」 부분)은 기억으로 더욱 자기 내면에 대하여 견고해질 수밖에 없음을.

때문에 이번 박수서 시인의 시들은 "봄날 입맛 돋우는 나물"(「머우 무침」 부분)처럼 쓰다. 삶이 아름답다며 서정적인 군더더기를 걸대거나 꾸미려는 마음은 애초에 없다. 다소 건조하고 메마르다고 여길 수 있겠으나, 대신 "사는 일에 지쳐 눌린 어깨에 피가 되고 살이 되라고"(「삼겹살」 부분), 시인의 가슴에는 늘 "물컹하고 고소한 생고기를 품고 있"(「삼겹살」 부분)다.

"세상보다 뜨겁게 익지 못한 열망은 스스로 떨어져버릴지라"(「복숭아」 부분), 스스로 주문을 외우며 삶의 저 깊디깊은 곳에서 끌어올린 비애와, 슬픔의 잎겨드랑이에 꽃을 피운다. 우리 모두는 "한때 뜨거움을 품었던 것"(「내력」 부분)'을 직시시켜 주기 위해서라도. "코끼리도 더러운 것 털고 제 입에 넣는데, / 그보다 못한 인간 세상"(「스리랑카 코끼리가 풀을 먹는 방법」 부분)에 대해, '봐라' 거침없이 말을 내뱉을 수 있는 과감함까지 내비쳐지는 것은 그 때문일 것이다.

2. '날것'으로 살아온, '날것'의 냄새

그동안 박수서 시인은 '날것'으로 살아온 듯하다. "그까짓 인생이 뭐라고 / 섞고 볶다 보면 그게 그거 아니겠"(「잡탕밥」 부분) 느냐는 식의, 냉소적이지만 건방지지 않은 건들거림도 있다. 어딘가 한곳에 깊숙이 들어가 세상 밖에서 세상을 보아본 사람만이 가질 수 있는 몸짓이다. 그래서인지 그의 시에서도 비릿한 '날것'의 냄새가 난다.

> 삼겹살을 잘 굽는 사람은
> 분명 가슴에 물컹하고 고소한 생고기를 품고 있는 게다
> 누구라도 꺼내어 한 코 떼어 가라고
> 사는 일에 지쳐 눌린 어깨에 피가 되고 살이 되라고
>
> —「삼겹살」 부분

날것은 사실 싱싱해야 한다는 조건이 붙어 있다. 그리고 살아 있을 때 피를 얼마나 잘 처리했느냐에 척도가 달려 있다. 피를 제대로 제거하지 않으면 역한 비린내가 나서 날것으로서의

생명력을 잃는다. 역설적으로 얘기하자면, 날것만큼 안전한 음식도 드물다. 지식과 기술을 갖춘 전문조리사여야만 다룰 수 있는 분야이기 때문이다. 박수서 시인은 시인 자신이 날것으로 살면서 삶을 보다 진지하게 비비고 볶아본 것이다. 그러기에 칼끝에서 완성되는 날것의 맛을 제대로 아는 것이 아닐까. 설령 사는 일이 잡탕밥을 짓는 일일지라도 말이다.

여기 잡탕밥 둘!

사는 게 뭐라고
그까짓 인생이 뭐라고
섞고 볶다 보면 그게 그거 아니겠어
새우의 갑옷을 벗기고,
오징어를 칼등으로 으깨고,
해삼을 능지처참하고,
전복을 비응도飛鷹島 우럭처럼 날리고,
소라의 어깨를 긁어
고추기름, 식용유, 대파, 마늘, 간장, 굴소스가
떡 하니 입 벌려 날름 밥을 받아먹고
뒹굴다 보면 잡탕밥 아니겠어
사는 일이 짬짬하고 싱거울 때
삶의 날것들을 모아 채썰기라도 하여

모아두면, 아니 이 삶과 저 삶 위에 달걀 하나 툭,
까 올려 비비고 볶아 본다면 알겠지
사는 일이 뭐라고
지지고 볶으며 날마다 날마다
잡탕밥을 짓고 있는 일이라고

—「잡탕밥」 전문

'살을 찌르다'라는 뜻이 담긴 일본의 '사시미'라는 말에서처럼, 생각하기에 따라 날것은 자칫 혐오감을 줄 수도 있다. 그 혐오감이 거리를 만들어 시인을 혼밥을 하는 '고독한 미식가'로 남겨두었을지도 모른다. 그리하여 『해물짬뽕 집』 1부 전반에 걸쳐 시인은 혼자 인생의 온갖 쓴맛, 단맛, 눈물맛을 보게 된다. 머우 무침, 삼겹살, 복숭아, 새우젓, 잡탕밥, 해물짬뽕, 명태포에 병맥주. "혼자라는 말은 입 밖으로 나오며 혼자가 아니다"(「고독한 미식가」 부분)라고 쓸쓸한 독백을 해보기도 하고, "혼밥이 편한 까닭은" "눈치 보지 않고 밥상의 질서를 좌지우지할 수 있어서"(「해물짬뽕 집」 부분)라고 호언도 해보지만, 어쩔 수 없이 시인은 "눈칫밥이 지겨운 날은 훌훌 털고 혼자 식당을 찾는다"(「해물짬뽕 집」 부분).

어디 그뿐인가. "이빨이 델 만큼 뜨겁고 단단한 명태포를 씹"으며, "명태보다 가시가 많고 통으로 씹기 어려운 것이 무얼까"(「임실슈퍼」 부분) 생각도 해본다. 얼핏 권태 때문일 거라고 스스로도 착각하기에 이르지만, 이 고독한 미식가는 그리운 것이다. 날것으로 살아온 생을 껴안아주고 위로해줄 누군가의 체온이 말이다. 시인이 "무거운 뜨거움", "한때 뜨거움"(「내력」 부분)이라 부르는 그 체온을 찾아 먹을 만큼 먹어본 것들이 그의 시를 더욱 날것으로 펄떡이게 만든다. 그러나 폐부 깊숙한 곳에 닿는 칼끝의 차가움을 누구보다 시퍼렇게 알고 있기도 하다. 어쩌면 그런 이유로 저 생 날것에서 쓸쓸한 고독이 엿보이는 것인지도 모를 일이다. 누구보다 뜨거운 심장으로 살아 있으나, 또 누구보다 차갑게 날이 서 있어야 하는 살을 저미는 칼끝을 품고 있기에.

3. 슬픔의 뿌리

박수서 시인은 고독과 맞서 싸우며 끊임없이 시를 끌어올린다. "벌벌 떨다 울먹이"는 "착한 초식동물"(「이연異緣」 부분)이나, "서억서억 살 베이듯" 떠는 "붉은 암꽃"(「굴참나무」 부분), "빈집보다 더 외로운" "빈방"(「빈방」 부분), 혹은 "벗어던진 옷" 같은 "껍데기"(「퇴근」 부분)나 "허공, 저 빈 곳"(「겨울 극장」 부분)이 되지 않기 위해. 해서 또한 끊임없이 딱히 대상이 없는 '당신'이나 '그'를 만들어낸다.

아직도 못다 한 사랑에 미쳐 날뛰던 활자가
얼룩이 되고 수류탄이 되고 미사일이 되어
그와 나를 한방 먹이려 사자처럼 달려들겠지
풀이 새파랗게 놀라겠지
그도 주저앉고 나도 누워버리겠지

—「이연異緣」 부분

사랑은 무슨, 개뼈다귀라고
당신과 나는 마주 앉아 컹컹거렸지
겨울 텃새가 흠칫 놀라 푸드덕 날아갔지

—「겨울, 개」 부분

그 대상들은 "한때 도반이었고 한때 스승이었던 시인 문정"이 "매몰차게 던져버린 세상"(「해물짬뽕 집」 부분)과 같은 것이다. 한때 존재했거나 처음부터 존재하지 않았거나, 어쨌든 지금 이곳에 존재하지 않는 존재들. 하여 시인은 더 못 견디게 실재하는 대상을 그리워하게 된다.

빈집보다 더 외로운 것은 빈방이다
세간살이 하나 없는 빈방은
백악질의 두께를 잘못 헤아려 자라난 이빨처럼
시리다

이미 생각은 비워버렸으나,

새끼 새 한 마리 들어올 공간도 없다

비어 있으나 꽉 찬 이물감,

잠깐 울먹이면 된다

삶이란 그런 것이다

—「빈방 — 관사官舍 1」 전문

"삶이란 그런 것이다"라고, 아무리 생각을 비워 내도 잠깐 울먹임으로 그쳐지지 않을, 시린 시간에 대한 뻐저림이기도 하다. 그러나 시인은 포기하지 않는다. 슬픔과, 외로움과, 생의 뿌리를 찾아 이쯤해서 시인은 근원으로 돌아가고자 한다. 인간은 왜 고독한가, 고독할 수밖에 없는 존재인가라는 자기 존재론적 고민에서 빠져나와, '가족'이라는 둘레로 자아를 확장시켜 보다 철저하게 근원을 파헤쳐보는 것이다.

"발이 많다고 빨리 가는 것도 아닌 세상"(「공벌레」 부분)이기에 시인은 이제 어느 정도 여유도 있다. 물론 아직도 "럭비공처럼 몸을 돌돌 말고는" 있지만, "그래 툭툭 쳐봐라"(「공벌레」 부분), 세상을 겁박도 할 수 있는 그런 여유 말이다. 여유를 밑천으로 시인은 비로소 깨닫는다. 어차피 고독할 수밖에 없는 인간이기 이전에 자신의 슬픔이 어디서 기인하는가를. 그리고 왜 세상이 자신을 혼자이게 내박쳐두었는가를.

아프게 흐르는 눈물보다, 내 삶을 제대로 헤엄치지 못한 아
쉬움이 더 뜨거웠다

(중략)

얼마나 많은 업을 꾸역꾸역 먹고 살았는가
겹겹의 아가미를 뜯어버린다
물 안에서 나는 이제 아무것도 아니다
끝나버린 생이다
다시, 물 밖으로 나가 물속을 영영 기억하지 않을 일이다

—「붕어 해부」 부분

그 깨달음이 지극한 자기반성에서 나온 것이므로, 시인의 내면은 단단하고 강한 마디 금 하나를 형성하게 된다. 그리하여 지금까지의 생을 벗어나 "다시, 물 밖으로 나가 물속을 영영 기억하지 않을" 것을 다짐한다. 마디 금을 지나 생성될 또 다른 마디에서는, 더는 '울 일이 없을(「변압기」 부분)' 것을 확신하면서. "빼 먹을 것 다 빼 먹은 글"(「탈고」 부분)처럼 한 생을 탈고한 시인은, 다시 세상을 얻게 되겠지. 대상이 분명하게 존재하는 세상을 말이다.

4. 영혼의 진화를 꿈꾸는 시인

어쩌면 꿈일지도 모른다. 우리가 살아가는 이 낮 세상도, 잠에 들다 만난 밤 세상도 매한가지로 헛되고 헛된 꿈일지도. "이 강 지나 어디로 가는 거냐"(「철도원」 부분) 묻는다 한들, 종착역에서 다시 자신에게로 회귀할 수밖에 없는, 그런 꿈. 꿈을 꾸는 동안 우리의 "영혼은 퇴행하고 / 아픔은 진화"(「마흔 넷」 부분)할지 모른다. 그러나 두려워할 필요 없다. 그것은 어디까지나 더 나은 영혼의 진화를 꿈꾸는 일일 것이므로.

박수서 시인은 나와, 가족과, 생의 근원지에서 발견한 자기 자신을 들고, 다시 한번 집을 지을 것이다. 이전의 생처럼 또 고된 노동에 벌벌 떨게 될 일이 생긴다 해도 더는 두려워하지 않으리라. 실컷 어둡고, 외롭고, 고독하고, 슬펐으나 그 모든 것들을 정면으로 바라본 용기와 담력이 "꽃가루를 모으고 꿀을 저금"하기 위해 분주해질 것이다. 진짜 '날것'의 맛을 제대로 세상에 보여주기 위해서라도.

대추벌들이 고된 노동에 벌벌 떨다 집을 지었을지라
동그랗게 동그랗게 한 생 단단히 굴렀을지라
집 한 채 거뜬히 지고 들떠 날았을지라
알을 낳고 애벌레를 키우고 번데기 학교에 보내고

꽃가루를 모으고 꿀을 저금하느라

육각형 문을 강철처럼 들락거렸을지라

—「벌집」 부분

박수서 시인의 『해물짬뽕 집』을 나오면서, 거 참 해물짬뽕 한 그릇 잘 비웠다 생각하며 뒤를 돌아본다. 한참 날것의 맛에 취해 문득문득 생각나는 집이 될 것임이 분명해서 가는 길을 잘 기억해두고자 한다. 마주앉아 영혼의 깊이를 나눠 갖는다는 것은, 이미 알아버린 그 맛을 책임지는 일이라는 것을 또한 오래도록 기억하면서.

사는 일이 버겁다고 느껴지는 이들이라면, 누구나 언제든 열려 있는 박수서 시인의 『해물짬뽕 집』에 들러보기를 권한다. 반드시 고독한 미식가가 추천하는 메뉴를 맛보고 나오기를. 속이 알알하도록 매운 국물이라도 한 그릇 뚝딱 해치울 수 있는 세상살이를 생으로 느낄 수 있을 테니.

추천사

박수서의 시는 평야를 닮았다

이향지(시인)

시를 살면서 시에 전념하기란 어려운 일이다. 밥이 되지 않는 시를 붙잡고, 더 좋은 시 더 정교한 솜씨를 욕심낼 겨를을 밥은 허락하지 않는다. 의무에 시달리고 시간에 등 떠밀리면서도 시를 잊지 않고 쓴다는 것, 숙명처럼 쓰며 살아내고 있다는 것. 시여, 시인에게 더 무엇을 요구하려 하는가. "영혼은 퇴행하고 / 아픔은 진화했다"(「마흔 넷」). 쉽게 해결되지 않는 갈망과 갈등, 그 무수한 비명의 틈바구니에서 무지개처럼 좋은 시가 태어나기도 하지만, 그 잠깐의 희열, 그 잠깐의 무지개에 영원을 걸기에는 시인의 영토가 너무 열악하지 않은가. 쓰러질 때까지 도망칠 수 없는 말뚝처럼 삶은 집요하고 무자비한데, 시인의 시는 이 비정한 국면들을 적나라하게 들춰서 보여 주고 있다. 그러나 시인은 그 본 것을 시에 담을 뿐 "석류꽃에 손을 뻗어 보았으나 빗물에 미끌어져 터럭 하나도 잡지 못했다 열망은 저렇듯 가까이 있으면서 멀리 있다"(「일기」). 하루하루 목숨을 이어주는 대가로 삶은 영혼을 앗아간다. 내가 누구인가 물

음을 던지는 순간 빠져드는 블랙홀. 그러나 시여, 시인은 즐거운 척 노래를 부른다. 끈끈이주걱 같은 현실을 잊고 벗어나기 위해 밥을 줄이고 더욱 헌신한다. 「복숭아」, 「임실슈퍼」, 「굴참나무」, 「스리랑카 코끼리가 밥을 먹는 방법」, 「겨울, 개」, 「밥줄」, 「빈방」, 「퇴근」… 쓴다. 쓰면서 견딘다. 「일기」, 「탈고」… 멈추지 않는다. 시가 시인에게 마지막 위로를 주므로!

박수서의 시는 평야를 닮았다. 박수서는 평야의 아들이다. 바다가 가까워도 바다가 보이지 않고 산이 가까워도 산 그림자가 짙지 않은 평야의 서정. 스스로를 낮추어서 더 먼 곳을 골고루 바라보게 하는 평야의 헌신. 그 키 낮춤, 그 낮은 어울림, 그 드러나지 않는 희생의 모습을 알게 해 준다.

해물짬뽕 집

1판 1쇄 인쇄 2018년 1월 2일
1판 1쇄 발행 2018년 1월 10일

지은이 박수서
발행인 윤미소
발행처 (주)달아실출판사

책임편집 박제영
디자인 이화연
마케팅 배상휘

주소 강원도 춘천시 서부대성로 48번길 12, 2층
전화 033-241-7661
팩스 033-241-7662
이메일 dalasilmoongo@naver.com
출판등록 2016년 12월 30일 제494호

ISBN 979-11-88710-05-8 03810

- 이 도서의 국립중앙도서관 출판예정도서목록(CIP)은 서지정보유통지원시스템 홈페이지(http://seoji.nl.go.kr)와 국가자료공동목록시스템(http://www.nl.go.kr/kolisnet)에서 이용하실 수 있습니다. (CIP제어번호: CIP2017034195)
- 잘못된 책은 구입한 곳에서 바꿔드립니다.
- 책값은 뒤표지에 표시되어 있습니다.